그대라는 바람 불어준다면

설렘

그대라는 바람 불어준다면

설 렘

발행일   2025년 1월 15일

그 림   도주현
지은이   이지영
펴낸이   이지영

편 집   임한나
디자인   Design Bloom 안규현

펴낸곳   도서출판 플로라
등 록   2010년 9월 10일 제 2010-24호
주 소   경기도 파주시 회동길 325-22
전 화   02-323-9850
팩 스   02-6008-2036
메 일   flowernews24@naver.com

ISBN 979-11-90717-93-9

책장에 기대 손때 묻은 책을 들춘다. 책갈피에 잘 눌린 꽃잎 하나 툭 떨어진다. 손대면 바스락거리며 부서질 것 같고 약간은 색이 바랜 그 모습을 보며 아련하게 그리운 것들을 떠올린다.

나는 꽃잎에 담겨있는 그리움과 사연들을 작품으로 형상화한다. 꽃은 이미 자기만의 색과 형태로 스스로를 표현하고 있지만 꽃의 아름다움과 생명력에 수채화의 협력 작업이 더해져서 회화라는 장르가 새롭게 탄생하는 것이다. 이런 작업은 존재 자체에 대한 소중함을 느끼게 해준다.

언제나 설렘으로 꽃을 마주한다. 꽃은 각기 다른 표정의 얼굴들로 수줍은 소녀처럼 나의 작업실 한쪽에서 말없이 나의 작업을 기다린다. 자연의 풍성함은 언제나 나를 풍족하게 한다. 또한 자연의 색감은 보고만 있어도 힐링 그 자체이다. 수채화의 은은함 속에 자연이 주는 아름다움을 녹여 이 책 '설렘'을 선사하고 싶다.

도주현

이 책 '설렘'은 서양화가 도주현 작가의 그림에 글이 더해진 '이야기 그림책'이다. 시화집이라 하지 않은 것은 그림에 덧댄 몇 줄 감상에 감히 시라는 이름을 붙일 수 없어서이다.

도주현의 그림들은 섬세한 감정과 여운을 전달한다. 길을 걷다가도 자꾸 그림들이 떠오른다. 이 그림들은 그냥 수채화가 아니라 수채에 눌린 꽃(압화)을 함께 사용한 것이다. 압화는 주로 꽃이나 자연물을 특수한 기법으로 눌러 만든 것으로 우리말로는 '꽃누르미'라고 한다. 순수한 자연 소재와 수채의 협업이 일반 수채화보다 더 풍부한 질감과 색을 만들고 깊이 있는 표현을 가능하게 한 것이다.

글과 그림의 주제는 인생의 다양한 단계에서 가지게 되는 원초적이고 중요한 감정들이다. 1부에는 그리움, 추억 같은 애틋한 감정들을, 2부에는 설렘과 행복, 휴식 같은 편안하고 밝은 감정을 3부에는 나무와 꽃 등 자연의 아름다움에 대한 감상으로 나눠 구분하였다.

이 책 <설렘>이 독자들께 작은 설렘 한 조각이 되었으면 좋겠다.

이 지 영

contents

chapter 2. 설렘

chapter 3. 아름다움

chapter 1

추억

당신 생각만 하여도

가슴 속에 피어나는 모닥불

당신이 기억하고 있는 가장 따뜻한 추억은 무엇인가요?

무궁화꽃이 피었습니다

움직이지 마
사랑하는 그 마음

바람 앞에
조금 흔들리는 것
나는 보지 못했어

피아니스트

눈 감아도 들리는 저 소리는
절망과 한숨을 삼켜버리는
그의 멜로디

검은 고양이와 하얀 나비가
만들어내는 하모니를 쫓아

눈을 감고 리듬에 몸을 실어라
박수치고 춤춰라

고백

말이 없는 그대
향한 그리움

깨어질까
말로 표현할 수 없어

말이 아닌
모든 언어로 전합니다

사랑합니다
당신을

기다림 I

날카롭게 마음을 태우며
목마름 참는 고통

끝나지 않아도 괜찮은
가슴 벅찬 설렘

한 발짝도
움직이지 않겠다

당신이 돌아올
이곳에서

기다림 II

코끝을 스치는 바람마저
두근거리는 마음으로

기어코 찾아오실 당신을
마중 나갑니다

이슬에 머리 감고
꽃향기 두르고 오시나요

희미한 꽃향기를 쫓으며
새벽빛 더듬어
그대에게 갑니다

지
나
온
길

똑바로 걸으려 했는데
폭풍 속에 삼켜져

돌아보니 구불구불 수많은 쉼표
이만큼밖에 오지 못했습니다

그러나 그대라는 바람 불어준다면
여기서 멈춰도 괜찮습니다

기도

세상의 모든 순수를 담아
눈 감고 두 손 모아

사람들은 들어줄 수 없는
소녀의 기도
들어주소서

기억 속으로

잔잔한 미소로
다정한 눈빛으로
그대는 내 맘에 살고 있어요

바람 불고
눈 감으면
그대를 안을 수 있으니까요

나르시시즘

얼룩지고 모나서
숨고만 싶지만

그래도 내 속엔
피어난 작은 꽃

그대 사랑하는 마음으로만
피울 수 있는 꽃

몸짓

떨리는 손끝에 흐르는 슬픔
가녀린 어깨로 전하는
애틋한 사연

말로는 다할 수 없어
온몸으로 전하는
나의 사랑

바라봄

당신을 향하는
쉬지 않는 갈망

가려진 진실의 빛을
찾을 수 있다면

손에 든 것 모두
내려놓고

나는
그저
바라본다

소녀의 꿈

눈 감으면 들리는
사랑하는 이의 노래
그 노래 따라 숲길을 간다

날 어둡고 길이 끊어져도
멀리서 들리는 선명한 소리
그곳에 닿고 싶은 간절한 걸음

눈 감으면 들리던
사랑하는 이의 노래
소녀는 함께 노래했지

꿈길 끝은 어두워져도
숲속 여행 끝나도
멈출 수 없는 소녀의 꿈

피어나다

긴 기다림과 유혹에도
흔들리지 않고 피어나겠다

거친 바람에도
소복하게 눈이 내려도
활짝 피어나겠다

여인들

꽃잎 피우고
나뭇잎들 지켜내고
풍성한 열매 키워내고

죽은 것들에
생명 불어넣고
고귀한 사명 마치고

춤추며 고향집으로
당신이 손짓하는
그곳으로

추억

당신은
생각만 하여도
가슴 속에 피어나는 모닥불

세상이 밝은 기운으로 변하고
가난한 나의 마음에
피어나는 행복의 불씨

세월 흘러 더 선명해지는
우리 함께 만든
사랑의 추억

For you

흔들리는 마음 진정시키는
그대라는 향기

두려워 움직이지 못할 때
발걸음을 옮기게 하는
그대라는 용기

기쁨의 눈물 담아
그대에게 전하는 진심

핑크빛 추억

그 기억 하나로 살겠습니다
모든 감각을 기쁨으로 채우시던
당신 손의 감촉과 향기

칠흑의 숲속을 걷더라도
당신과의 핑크빛 추억
그것으로 충분합니다

회상

비바람 불면
꽃잎 날리면
낙엽 밟으면

기억의 다리 건너
그대 만나러 갑니다

transcibing

🌿 마음에 들었던 시를 필사해 보세요.

또는 시를 읽으며 떠올린 감정이나 생각을 적어보세요.

Note

50

 *chapter 2*

설렘

바람과 햇살과 꽃들 속에
당신이 있었습니다

살아가며 설렘을 느꼈던 많은 순간들 중

제일 처음 느꼈던 설렘은 무엇인가요?

나는 꽃

당신의 빛으로
피어나고

당신의 시선으로
색을 찾고

향기를 만드는
나는 꽃

동행

주저 앉아도
손잡고 가기

느리게 걸어도
기다려 주기

가끔 업혀서 가기
잡은 손 놓지 않기

끝까지 같이 가기

Lovely

나를 보며 웃어주는 당신께
더 늦기 전에 말할게요

그대를 생각하면 내 입가에는
사랑스런 미소가 생겨난다고

예쁜 꽃들이 시샘하는
그대는 나의 사랑

무대가 끝난 후

객석 맨 위에 앉아
나의 부끄러움 아랑곳 않고
미소를 짓는 당신

어색한 몸짓 틀려버린 대사
붉어진 얼굴 감출 새 없이
막이 내린다

멋쩍은 웃음
갈 곳 잃은 내 두 손 맞잡고
괜찮다 괜찮다

이제야 내뱉는
안도의 한숨
기쁨의 미소

빨간 리본

순수한 눈빛도
맑은 웃음도
바래지지 않았습니다

내 마음속 깊이 간직한
빨간 리본

새출발

둥지를 벗어나
벌판으로 달려간다

패배의 쓴맛
성취의 열매
시작한 자들의 특권

선물 I

당신이 주신 선물

나의 외로움 잊게 하는
나의 세상 빛나게 하는
나의 존재 있게 하는

선물같은 사랑

68

선물 II

부족한 것 없는 당신께
무엇을 드릴까요

들꽃 한 묶음에 담아
더욱 사랑하겠노라는
서약을 드립니다

설렘 I

날 찾아올 그대
기다리다

그리움이 더 커져
기어코 그대에게 갑니다

내 마른 입술에 입 맞추고
와락 안아줄 그대에게로

차가워진 내 손 감싸줄
그대에게로

설렘 II

아까시 꽃 향기에
초록색 먼 산을 보면서도
그대 생각으로

두근두근
두근두근

까만 밤 반짝이는
반딧불이
내 마음도 밝히고 간 밤

두근두근
두근두근

설렘 III

밖에서도 들릴까
내 마음 쿵쾅거리는 소리

조용히 불러보는 이름
내 마음 온통 흔드는
향기로운 바람

소녀

당신이 말 걸어주고
이름 불러주기 전에는

나는 그냥 소녀
꽃 피우지 못한 나무

당신의 온기
내 몸을 덮으면

그제야 꽃잎 피우는
나는 소녀

오늘 하루

바람과 햇살과 꽃들 속에
당신이 있었습니다

어둠이 찾아와
보이지 않아도

제 손을 잡아주세요

페르소나

시끄러운 도심
고요한 나무 숲속
따라붙는 시선

눈을 뜨면
들리는 목소리

눈을 감으면
들리는 환호

나는 지금 어디에 있나

환희

내 가슴 속의 꽃잎들 팡팡 터지고
그 향기에 취하는 환희의 계절

수줍은 꽃다발 받아주는
당신의 사랑

휴식

길이 끝난
강가에 이르면
흙투성이 맨발로 부르는 노래

만났던 것들 모두 아름다워
사방 따뜻하고
어두워지면

꿈속으로
들어갈 거예요
본향에 계신 어머니 품으로

transcibing

🌿 마음에 들었던 시를 필사해 보세요.

또는 시를 읽으며 떠올린 감정이나 생각을 적어보세요.

Note

chapter 3

아름다움

오로지 날 위해 비춰주는

이 빛들을 끌어안아요

 당신의 아름다운 순간은 언제인가요?

꽃밭에서

볼을 간지럽히는
따뜻한 햇살

꽃잎들의
수줍은 인사

나에게만 불어오는
그대의 향기

꽃향기

보이지 않는 꽃향기에
당신의 목소리와 웃음
추억과 그리움이 숨어 있어요

그립고 쓸쓸한 날
막다른 길에서도 견디게 해주는
그대의 향기

내 마음속에 저장

꽃그늘 아래 어질한 향기
뺨을 스치던 바람과 햇살
그대 웃음소리

색 바래지 않도록
향기 날지 않도록

내 마음속
깊은 곳에 저장

Dojuhyac

노을

꽃 피우고
외로움 참아내고
수고 많았다고

저 노을이
품속으로
들어오라 하네

하던 일들
모두 그냥 두고
어둠이 찾아오기 전에

붉은 꽃
가득한 가슴으로
안아주겠다하네

들꽃 향기

강렬한 입맞춤이 아닌
지긋한 시선
스치는 손길로

내 이름 불러주지 않아도
당신의 기억 속에
나의 향기 남길 수 있기를

마트리카리아

나는 작고 여리지만
나의 꽃말은
꺾이지 않는 강인함

작고 약해서
꺾이고 상처받은 이들이
사랑받으라고 힘을 내라고

내 속에 아름다운 향기를
가득 담아 주셨어요

만추

붉고 노란 잎들이 떠나며
작별 인사를 건넨다

그리운 것들 가슴에 묻고
서둘러 떠난다

나무는 잎들과의 찬란한 추억을
몸 속에 새긴다

머무르는 시선

서성이던 내 눈길이 멈춘 곳은
당신 향기 남은 이곳

그 향기 바람에 흩어질까
당신 모습 흐려질까
오직 한 곳만 바라봅니다

당신이 머물던 자리

봄날

나는 지금 봄날

혼자이지만 외롭지 않아요
오랜 침묵을 깨고 들려오는
생명의 노래를 들어요

눈부시지 않아요
오로지 날 위해 비춰주는
이 빛들을 끌어안아요

봄이 오는 소리

겨울 패잔병이 후퇴하니
새들이 조심스레 노래하고
나무들이 기지개를 켜네

생명의 강가에서
마음껏 노래하라 춤추어라

그리움, 설렘, 기쁨의
봄이여, 오라

산책길

날리는 꽃잎
가벼운 발걸음

상념의 끝자락엔
결국 그대가 있네

홀로 걷지만
둘이 걷는 산책길

Shine

나무 사이 모든 틈으로
쏟아지는 생명의 기운

숲속의 생명들 살아나
부르는 싱그러운 노래

나무와 바위와 꽃들에도
쉬지 않고 내리꽂히는
생명의 빛

수줍음

쳐다보는 눈길들이 부끄러워
한적한 곳으로 숨고만 싶습니다

하지만 당신만은
천천히 보세요

내 붉어진 얼굴을
활짝 핀 웃음을

어느 오후

태양이 여유롭게
빛을 나누고

바람마저 쉬어갈 때
조금 쉬어 볼까

눈 감고 그대 생각
좀 더 길게 해 볼까

여름날

생명 기운의 나무들
아래 것들의 절망 아랑곳없이
푸르게 높아만 간다

하얀 구름과 사귀며
소중한 추억 만들며
하늘로 달려간다

프로포즈

그대가 내게 온 것입니다
내 마음 사랑으로 빼앗고
한없이 기다리게 하니

내가 먼저 고백합니다
당신은 내게
눈부신 사랑입니다

한 줄기 빛

절망의 이불 덮고
숨어있는 나를

한 줄기 빛으로
어루만져 주시네

비로소 내가 보이고
당신이 보이네

transcibing

🌷 마음에 들었던 시를 필사해 보세요.

또는 시를 읽으며 떠올린 감정이나 생각을 적어보세요.

Note

설렘을 읽고

    <설렘>을 읽으며 마음이 설렌다. 도주현 작가의 꽃누르미 기법과 수채화를 결합한 작품에는 자연과 예술이 합쳐져 만들어내는 섬세한 아름다움이 있다. 이 작업은 단순한 시각적 아름다움에 그치지 않고, 깊이 있는 정서적 공감을 불러일으킨다. 꽃의 본질적 아름다움과 예술적 해석이 어우러져 특별한 시적 울림을 선사한다.

    작품 속 꽃들은 단순한 식물의 형태를 보여주는 것을 넘어 살아있는 이야기를 품고 있다. 꽃잎 하나하나가 자연의 시간과 흔적을 간직한 채, 수채화의 은은한 색감과 만나 더욱 풍성한 감동을 전달할 수 있는 것이다. 꽃누르미가 지닌 생명력과 작가의 창의적 손길은 자연의 아름다움에 더하여 예술로 확장한 사례이다.

    각각의 미술작품과 짝을 이룬 시들은 그림과 정서적으로 깊이 연결된다. 글을 쓴 이지영 작가는 그림이 전하려고 하는 메시지를 심화하며 독자에게 자신이 느낀 감정을 직관적이며 감성적으로 전달한다. 압화와 수채화의 시각적 아름다움은 시와 함께 리듬을 이루며 다층적 예술 경험을 제공하는 것이다. 이는 단순히 그림을 보는 것을 넘어서 메마른 현대인에게 감정과 사유를 자극하는 특별한 순간을 만들어냈다.

자연과 인간 감정의 연결은 작품의 핵심 주제이다. 꽃은 단순히 아름다움의 상징을 넘어 그리움과 추억, 설렘, 사랑 등 인간 감정을 대변하는 매개체로 작용한다. 시는 이러한 감정을 구체화하며 독자들에게 그들만의 추억과 이야기를 떠올리게 한다. 이는 잊고 있었던 자신과 자연, 인간관계를 되돌아보는 계기를 제공한다.

　도주현 작가의 작업은 자연의 소중함을 새롭게 일깨우며, 꽃누르미라는 기법을 통해 자연을 예술로 재해석한 창의적 시도로 평가받고 있다. 이는 빠르게 잊혀가는 자연과의 연결을 회복하며, 자연의 아름다움을 보전하고자 하는 강력한 메시지를 전달한다.

　도주현 작가의 작품은 자연과 예술적 창의성의 독창적 결합으로, 단순한 아름다움을 넘어 인간의 깊은 감정을 이끌어낸다. 시와 그림이 함께 만들어낸 이 협업은 감상자에게 흔하지 않은 힐링과 사색의 시간을 제공한다. 자연과 인간의 관계를 새롭게 조명하는 아름다운 시화집을 출간하는 두 분께 사랑과 감사, 격려의 박수를 보내드립니다.

이종희 조각가, 한국VR아트연구소 소장